De Koh vergitt, dat se ‘n Kalv ween is

Plattdüütsche Vertelln ton Högen

Grete Hoops

De Koh vergitt, dat se 'n Kalv ween is

Plattdüütsche Vertelln ton Högen

ISENSEE VERLAG
OLDENBURG

Das Titelbild und alle Illustrationen zeichnete Christel Daub aus Bremervörde.
Christel Daub ist eine sehr begabte, leidenschaftliche Hobby-Malerin, die sich mit ihren Bildern in Norddeutschland bereits einen Namen gemacht hat. Sehr viele schöne Porträts und Landschaftsbilder aus ihrer Hand sind im Hotel Daub in Bremervörde zu bewundern.

Bibliografische Information der Deutschen Bibliothek

Die Deutsche Bibliothek verzeichnet diese Publikation in der Deutschen Nationalbibliografie; detaillierte bibliografische Daten sind im Internet über <http://dnb.ddb.de> abrufbar.

ISBN 978-3-7308-1028-6

Gedruckt bei Isensee in Oldenburg

Wat in dit Book steiht

Schwester Erika

Nu is se endlich inne Lehr as Schwester in'n Krankenhuus. „Schwester Erika", so hoolt se ehr al an, nich bloß de Kranken, nä, uck de annern Schwestern un sogor de Dokters. Se weet nich rech, se is bescheiden un mag dat gorne rech hören, wenn se ehr so ansnackt, un kickt denn jümmer na nernen op den Footbodden.

As se ut de School kamen wör, wör se noch to jung, üm Schwester to lehrn, de Gesetzgeber wull dat nich. Wör de Arbeit to swoor? Oder de Verantwortung to groot? Jedenfalls is Erika eerstmal in'n Deenst gahn in een Weertschaft in ehr Naberdörp. Hier lehrt se veel, wat se in ehr Leben bruken kann: koken, putzen, un wat das Wichtigste is, se lehrt mit al de verschiedenen Lüüd un ehr Allürn ümtogahn. Inne Weertschaft achtern Tresen mutt man nich bloß mitlachen künnen, man mutt sik in den annern rinversetten, mitföhlen un uck trösten künnen.

Aber nu lehrt se dat, wo se inne Schooltiet all jümmer von dröömt het, nämlich Krankenschwester. Aber an den tweten Dag, wo se ehrn Deenst maakt, maarkt se all, wo swoor disse Arbeit is. Se dröfft bi een Notfall mit bi ween un den Dokter beten to Hand gahn. As se wiesward, wer de Kranke is, de jümmer luut jammert, do verjaagt se sik bannig. Se kennt em goot, dat is Gebers Heiko ut ehr Heimatdörp, se is mit em na School gahn. Disse Jungkerl is böös toschick kamen, he is ümglippt, het sik den Foot verwrickt un is denn so unglücklich op den harten Footbodden land't, dat he sik de Schullern utkugelt het. De Dokter un de Schwestern berat-

slaagt nu in'n Zimmer blangenan, dat se em am besten 'n Narkose verpassen wüllt, weil he de Behandlung in'n waken Tostand knapp uthooln kann.
„Schwester Erika, gehen Sie mal eben zu ihm und fragen ihn, ob er wohl nüchtern ist, denn es ist neun Uhr morgens, und um diese Zeit kann man das nicht so genau wissen."

Disse Wöör kennt Erika goot von ehr Arbeit achtern Tresen. Aber hier in'n Krankenhuus mag se Heiko sowat nich fragen. Heiko is doch'n orndlichen, soliden Minschen, se het em noch nie besapen sehn un ganz gewiss nich an'n fröhen Mornen. Erika mag em sowat doch nich fragen, wat schall he denn von ehr dinken? Dat is för Erika ganz swore Arbeit, aber dat hülpt nix, se mutt doon, wat ehr heten ward. Viellich het he een Fahn'n von Alkohol, anners wör de Dokter dat doch woll nich vermoot ween. Se böögt sik eerstmal över em röber, aber se rüükt nix Verdächtigs. Wie schall se dat nu bloß wies weern? Se steiht dor as de Oss vörn Barg. Nie het se dacht, dat Schwesternarbeit so utsüht. Aber denn faat se sik een Haart, knippöögt em to un fragt in'n Flüsterton:

„Segg mal, Heiko, büst Du güstern abend ut ween un hest mit dien Kumpels fiert, hebbt Ji Jo een ballert, un is dat beten laat worn?

Bi al sien Wehdaag maarkt Heiko nu doch, dat he sik to Wehr setten mutt, un he antert ehr beten böös:

„Erika, wat dinkst Du von mi, dat laat ik mi nich ant Tüüg flicken, de Unfall is bi de swore Arbeit passeert. Alkohol is dor nich int Spell."

Erika is froh un kann nu den Dokter vertelln, dat Heiko vollkommen nüchtern is un keen Dropen Alkohol drunken het.
Nu fangt de Dokter ganz schetterich an to lachen un verklookfidelt ehr:

„Schwester Erika, fragen Sie ich nicht nach Saufgelagen, fragen Sie ihn, ob er das Frühstücksei schon verzehrt hat oder ob sein Magen noch ganz leer ist, er also noch nüchtern ist – wegen einer Narkose."

Erika is ganz bestött, denn hier in'n Krankenhuus güngen de Klocken woll doch beten anners, denn hier bedüür dat Wort „nüchtern" ganz wat anners as inne Gaststuuv achtern Tresen.

Dat mutt week ween

„Wo de legen Swien wöhlen schüllt, dor is dat jümmer hart", dat seggt Oma to den olen Knecht Hannes, wenn em jechenswatt nich passt un he dat denn luut beköört.

Hannes is seit sien Kuffermation op Teets Hoff, he het nich freet un is dor al de Johrn behangen bleben. He süht dat dor as sien Üllernhuus un wurackt so, as wenn dat sien Eigen is. He weet von allns goot Bescheed, un de junge Buur kann achter sien Doon düchdig schuuln.

Obschoons Oma un Hannes meisttiets goot öbereen kaamt, seggt de een den annern free sien Meenen. Aber denn is de Saak erledigt, muult ward nich. Hannes seggt:
„Wenn'n eenmal de Deel hindaal gahn is, dennso mutt dat woller vergeten ween."

Oma het dat inne Köök to verdoon, för jeden Middag kaakt se 'n feint Eten, wat uck Hannes jümmer allerbest smeckt. Hannes kann aber kuum noch wat bieten. Sien Kusen sünd em so bilitten utfulln, so een ümt annere kummt dor 'n wackeligen Hauer vörtüüg. Mit den Tähnenklempner het he aber nix in'n Sinn, dat köst em dor to veel Moneten.

Dat is aber allns nich so slimm, dor is jo Rat to. Von dat Swattbrot snitt he sik de harten Rinnen af, un denn stippt he dat in un bruukt bloß noch to sluken, so week is dat. Oma tarrt em denn:

„Hannes is krumenkrank, de kann keen Rinnen bieten."

Aber de Knecht smitt nix weg, he lett nix ümkamen. De Rinnen snitt he fein twei, un denn freit de Höhner sik dorto. ’S middags is em faken dat Fleesch to tah, un denn queest Hannes dor över rüm, weil dat nich week is.

Nu in’n Vörjohr is de Wiemen binah lerrig, bloß de Schinken mutt schoont weern, bit de Kuckuck röppt. Oma will nu Ar-

fenzupp kaken, un dor hóört 'n düchdig Stück Speck rin, wenn de smecken schall. Oma stiggt oppe Lidder un will den Schinken to Kleed. Mit 'n scharpt Messer hullt se dor an langs un kriggt 'n langen Stremel faat, so schall de Zupp woll geroorn un goot smecken.

Oma kann woll noch goot höörn un het uck noch gode Tähnen, bloß ehr Ogen de wüllt nich mehr opt lieke, mit ehr Sehn is dat nich wiet her. Dorüm is se uck nich wies worn, dat de Schinken lebendig is, de Brummers hebbt den funnen, un nu laat de fetten Rupen sik dit feine Stück Schinken smecken. De hitte Zupp hebbt de Tiere nich lebennig över - stahn, aber se swümmt baben. Hannes geiht nu bi, fischt un leggt de Rupen rundrüm op sien'n Tellerrand.

„Kiek, Oma, kiek her, de hest Du al ümbröcht", seggt he, un dat smeckt em nich.

Oma antert em denn ganz snutenfarig:

„Hannes, wees man nich so püttjerig, de fritt man driest op, de sünd schön week."

De Breef is weg

Irka un Ernst wulln in Urlaub föhrn, un se frein sik all langen vörher op disse schöne Tiet, se wulln jeden Dag geneten un an nix anners dinken möten. Un genau dorüm wull Irka uck noch gau de Vorsorgeünnersökung achter sik bringen. Dat klapp uck allns bestens, ganz korthannig kreeg se een'n Termin bien Dokter, un de kloke Mann sä ehr uck to, dat se man driest verreisen schull, denn he har nix Verdächtigs funnen. De Schwester in disse Praxis geev ehr noch son gediegenen Breef mit för een Stohlproov, de höör dor noch to, meen se.

Irka wüss genau över sowat Bescheed, nä-nä, se tiehr nich mit'n Kökenstohl nan Dokter, so schull dat woll all mal vörkamen ween. Irka wüss genau, wat se to doon har, aber wie dat so is, de Minsch is keen Maschin, wo man oppen Knoop drücken kann, dormit allns löppt. De Froo kunn eten, wat se wull, de Buuk sichert sik un behult eerstmal allns bi sik. So oppen Stutz will nix kamen, un opmal het se doch noch Glück, jungedi, sotoseggen op'n letzten Drücker. Se kann dat Papier allerdings nich mehr sülben bien Dokter inne Praxis afgeben, denn dat is Sünndag. Wat schüllt se maken? An'n annern Mornen ganz fröh geiht de Reis los. Keen Fraag, kloor doch, dat gifft doch de Post! Also steekt se den Breef mit den wichtigen Inhalt in'n feinen Ümschlag, Adress un Breefmark op, un denn fielt Ernst dormit na Postamt fief, un denn gau dormit ninnen Kasten. Op Güntsiet töövt de Zug op'n Hauptbahnhof all op jüm, un se föhrt in'n Süden, wo de Bargen so hoch sünd,

As se denn na veerteihn Daag düchdig verhoolt na Huus kaamt, weckt Irka natürlich foorns bien Dokter an un will weten, wie dat nu mit de Stohlproov is, un se hööpt op een gode Antwort. Aber nix von dat, de Spräkstunnenhülp weet nix von de Stohlproov un uck von keen'n Breef, dor is nix ankamen.

„Kann doch gorne angahn", so futert Irka los, „den Breef hebbt Ji verdudelt".

Irka is füünsch un mächtig inne Brass. Se schimpt as son Dacklünen al de plattdüütschen Schimpwöör, de ehr so infallt, kiffelt de vermuckte Deern ninnen Telefon, un denn knallt se den Hörer so gewaltig noppe Gabel, dat dat 'n Wunner is, dat de Kasten heel bleben is. De Kopp gleiht ehr as de Kamm von een Leeghehn, un denn nimmt se ehrn Ernst bien Kanthaken. Denn mutt he woll de buukte Hund ween!

„Dausenweg, hest Du den Breef in'n Affallkorv smeten un gorne in'n richtigen Breefkasten steken?"

Aber Ernst is sik ganz sicher, un he begöscht ehr:
„Och, Irka, de Breef het doch wieter nix an'n Foot, he is doch nich wertvull, maak dor doch nich son Weeswark von."
Aber Irka is dull, weil nu dat ganse Theater mit de Stohlproov von vörn woller los geiht. Aber denn ward se belohnt, denn de twete Proov wiest ut, dat se gesund is un hunnert Johr oolt weern kann.

Eenige Weeken later, Irka un Ernst sitt an'n Kaffeedisch un leest in een Bremer Zeitung:
„Posträuber auf frischer Tat ertappt."

In dit Postamt wör fakener mal de een oder anner Breef weg kamen, un dorüm har man dor ganz heemlich een Kamera inboot. Dormit hebbt se den Deef denn fein fotografiert. Disse Sleef har bi dat Sortieren de Breef genau befummelt, un de em denn wertvull dünken, mit sien langen Fingern verswinnen laten. Viellich het he denn to Huus so mannigeen'n Gildschien, gullen oder silbern Schmuck, wat sik goot verpacken leet, dor in funnen. So het sik dat woll tohopen läppert, un he is dör disse legen Töög to Gild kamen wie de Hund to de Flöhn.

Dat allns is jüst in de Tiet passeert, as Irka ehr wichtige Breef wegkamen is.

„Süst woll Schütt, Irka, maarks Müüs", lacht Ernst, „de Knüppel liggt doch jümmer bien'n Hund. Nu stell Di mal dat Bild vör: de Kerl sitt ganz jieperig an'n Disch, het Dien'n Breef tofaat un hööpt, dat he dor 'n fetten Gildschien ruttehn kann, kickt mit gierige Ogen dorin un weet wunners nich, wat he förn Kater klemmt het. Aber dat is inne Büx gahn, he find't nix anners as stinkerige, verdröögte Schiet."

Nu is uck Irka nich mehr böös, höögt sik een öber dissen Ütz, denn „wer den Schaden het, bruukt för den Spott nich to sorgen."

De Gatz in'n Ringfinger

Susanne is enzigst Dochder op den afgelegenen Hoff in de schönen Heide. Se het ehr Abitur bestens bestahn un will nu noch beten mehr sehn von de schöne Wilt. Se is nich mit dat tofreer, wat se bither lehrt het, Zahlen un Bookstaben un de annern Spröken. Dorüm geiht se nu as Lehrdeern op'n Buurnhoff baben anne Waterkant, se will de Praxis, also dat Arbeiden lehrn,

To glieker Tiet kummt uck Christian op dissen Lehrhoff an. He het inne Grootstadt noog inne School rümbüffelt, aber twüschen disse hogen Müürn un dat togeplasterte Land will he nich tietlebens tobringen. Christian will Landwirtschaft lehrn, un he het sik för een Johr op dissen Hoff verplicht. He maarkt öd, dat dit Leben hier sien Droom is, Saat inne Eer bringen un sehn, wie dat wasst un gedeiht. Jüstso geern mag he de Tiere liern, dat ganse Doon höögt em.
Nu kummt dat so, dat disse beiden jungen Lüüd sik ineenanner verleeft. Dat het woll so ween schullt, dat se beide von dat Schicksal hierher schickt worn sünd. Se sünd beide Frohnaturn, sünd so glücklich un dinkt gorne dor an, dat dat Johr in'n Null-Komma-Nix rüm is.

Christian pucht nu, he will Susanne sien Üllern un Geschwister vörstelln. Susanne is aber beten tögerlich. Ob de Lüüd ut de Grootstadt sone eenfache Deern von'n Dörpen lieden möögt? Aber Susanne ward von den Professor un sien Froo un von Christian sien velen Bröder un Schwestern mit apene Arms opnahmen, dat sünd uck eenfache Lüüd, wat de Deern nich vermoot ween is.

Susanne dinkt nu uck an ehr Vadder un Mudder, se müch dor uck geern mit ehrn Leefsten herkamen, aber se meent, dat dat dor nich so glatt afgeiht. De Üllern leevt noch op'n ooln Stand un hööpt op'n Swiegersöhn mit'n saftige Mitgift. Susanne meent, dat dat woll dat beste is, wenn se ehr Leefschaft noch 'n littje Tiet geheem hulllt. Christian kann sowat aber ganz slech uthooln, un bevör jeder woller in sien Heimat reist, köfft he gulle Verlobungsringe.

Susanne is selig un stickt jeden Abend, wenn se na'n Bett geiht, ehrn Ring an'n Finger, un daagsöber liggt dat wertvulle Stück inne Pappschachel. Christian kennt sowat nich, jümmer un allerwärts glänzt de Ring an sien'n Finger.

Susanne kann aber uck ehr Geheemnis nich länger verswiegen un vertellt Mudder un Vadder von de Leefschaft mit Christian, aber dat se heemlich verlobt is, dat behullt se för sik.

„He schall herkamen, wi wüllt em kennen lehrn, un denn schall he us fragen, ob us dat rech is, dat he us Deern freet," so sleit Vadder vör.

Christian reist nu ut de Grootstadt an, un Susanne föhrt em inne mööt. Se will sehn, ob se an sien Tüüg noch wat trechtocken mutt, ob he den Schlips goot bunnen het oder ob jechenswatt an em fehlt. Se süht foorns sien'n dicken Verband, den he üm sien Ringfinger het, oh, dat düürt op'n depen Gatz hin. Se is ganz besorgt, wat he sik woll daan het. „Blött dat noch düchdig un hess Du masse Wehdaag un Killn?", so fragt sien Leefste nu.

„Och nä“, antert de junge Bröögam, „nix von dat, aber ik krieg den Ring nich von’n Finger, un dien Üllern drööft den doch nich sehn, ik mutt jüm doch eerst fragen, ob wi us verloben drööft, un dorüm heff ik dor ’n Plünnen ümwickelt.“ Oh, wat mutt Susanne nu schetterig lachen öber son’n Drögbäcker. De beiden Ooln hebbt nix gegen son’n patenten Swiegersöhn, wenn he sik uck ’n mächtigen Smoorn bibröcht het, weil he nich mit’n Kartuffelschellmesser ümgahn kann.

Geiht de Hoff inne Wicken?

Man schull dat doch nich för möglich hooln, woveel Gedanken sik de Minschen üm anner Lüüd ehrn Mest maakt. Dat dat mannigmal anners utsüht, as de Neischierigen dat vermoot sünd, dat passt nich in jümehr Sluderee.

Willi, de Jungkerl op Diershoff, noch nich mal twintig Johr oolt, mutt nu den groten Hoff vörstahn. Sien Vadder kann em bloß noch mit Ratslääg hülpen, denn de mutt meist den gansen Dag opp'n Bett lingen. Dorüm het de Ool 'n Afkaten herbestellt un sien'n düchdigen Jungen den groden Besitz öberschreben. De ole Buur weet, wat he deit, denn he kennt sien'n Jungen as een ehrlichen, arbeitsamen un spoorsamen Minschen.

So is Willi nu de jüngste Buur in'n Dörp, mutt mit sien Mudder tohoop den Hoff vörstahn, un dat kann nich goot gahn. Willi het doch nich mal 'n Froo, de em beten bistahn kann. Nä, un wat schall dor bloß von weern, sicher geiht eens goden Dags de Hoff inne Wicken, so maakt sik eenige Lüüd Gedanken doröber un deilt all de Wischen un Weiden ünnereenanner op.

Mannigeen Mudder har ehr Dochder dor woll geern as junge Froo op'n Hoff sehn, denn dat is mehr as 'n gode Brootsteer. Dat Huus is op schick, de Schünens sünd vull von de rieke Aarn, Keih un Peer sünd goot in Foder, un alle poor Weken is'n Stallvull Swien fett. Aber Willi kehrt sik nich an Deerns, dor het he nix mit an'n Hoot. Wenn in'n Sommer Schützenfest mit Danzmusik is, denn blifft he dor nich langen. He drinkt 'n poor Glas Beer, un denn is he verswunnen.

Veel Freetiet blifft Willi in'n Sommer nich, denn wenn he sien Dagwark daan het, fallt he mööd inne Puuch. Aber as de Arbeit in'n Harst daan is, geiht he s'abends doch mal ninne Weertschaft twüschen de jungen Lüüd un günnt sik 'n poor lustige Stunnen bi Beer un Korn. Na, wie langen kann de Hoff sowat uthooln? Viellich mutt he all bald 'n Koh utdoon oder sogor 'n Stück Land verköpen. Blifft von den groten Hoff denn öberhaupt noch wat över? Kaamt de Sludertaschen doch noch to ehr Recht?

As Willi nu eens goden Dags nich mehr mit'n Rad, aber dorför mit'n hagelneet Auto dört Dörp föhrt, do weet de Lüüd Bescheed. Wer kann sik woll 'n Auto leisten? Nu het disse Jung 'n Steertfleeg un juckelt mal eben de schöne Hoffsteer vonanner. Hoffentlich beleevt de Ool dat nich mehr un kummt vörher ton Starben. Oh, wat hebbt de Neiders dat wichtig!

Dat duurt uck nix, do föhrt Willi wieter ümher, twölf Kilometer bit na jümehr Karkdörp. Sien feine rote Auto hullt hier faken tweemal inne Week 's abends vör de Weertschaft, he parkt denn beten in'n Versteek achter de düstern Machangeln. Em schall wollsachs nümms wies weern. Mööt de Lüüd nu sien Mudder wohrschonen, is dat nich Christenplicht? Dat Gild inne Weertschaft bringen is op Diershoff noch nie Mode ween.

„Spoorn un bewohrn maakt Hemmen“, so het de Urgrootvadder, den noch eenige kennt hebbt, dat alltiet seggt, un dorna leevt un dorüm steiht de Hoff bit so wiet her so goot dor. Jo, bit so wiet her, aber na ’n Heger kummt ’n Feger, un denn gaht de Ketelflickers bi un jiffelt sien Mudder allns vör, dat se ehrn Söhn doch mal bi’n Kanthaken kriegen mutt. Aber de Mudder antert bloß:

„Och, son beten Spaaß un Tietverdriev günn ik mien Willi, denn ’s mornens ton Melken is he jümmer woller to Steer.“ Na, wenn de Mudder mit em ünner een Deken stickt, denn is’t bald so wiet, denn geiht de Hoffsteer inne Wicken.

Willi verköfft keen Koh un nich een’n Mornen Land, obschoons he wieterhin tweemal oder sogor dreemal na de Weertschaft in’t Karkdörp föhrt, bit de Dochder von den Weertsmann em endlich ehr „Ja-Woort“ gifft un he ehr in sien rote Auto mitnehmen kann na Diershoff. De Neischierigen hebbt dat nich spitz kregen, dat Willi dat nich üm Beer un Sluck geiht, em geiht dat bloß üm de leve Irmgard.

De Mudder freit sik, dat se son fliedige un vergnöögte Swiegerdochder kriggt. Uck de Ool is noch woller döörgröönt, het sien littje Enkelkind Johann noch to Dööp hooln un het noch mit beleevt, dat de Littje loopen lehrt het. Willi un Irmgard hebbt nu all ehr gullen Hochtiet fiert op den groten schön gepleegten Diershoff.

De Swienegel

Wat het de littje Lisa sik jeden Dag för Möh maakt mit den Swienegel. Dat schient son Nachkömmling to ween, se het em in'n Obsthoff funnen. He het nich sien nödige Gewicht, üm lebendig dörn Winter to kamen.

Ut dat Poppenmudderüller is Lisa rut, ehr leevste Popp Lotti sitt in ehr Kamer oppe Kommode, un de annern beiden, de noch wie neit utseht, het se ehr Kusine Maren schinkt. Aber so groot, üm na Disko to gahn, is de Deern noch nich. Se is weder Fisch noch Fleesch, un dorüm heegt un pleegt se nu dissen Swienegel, de ehr Hülp uck goot bruken kann. Opa het dorför ee'n oln Hulschen so trech haut, dat dor 'n Treier von worn is, den Lisa in een düstere Eck oppe Terrasse stellt. Jeden Abend füllt se dor beten Kattenfoder rin, un denn beobacht se ehrn Schützling, wie he dat mit Genuss vertehrt.

Obschoons dat nu Oktober is, sünd de Abende noch so warm, as wenn Sommer is. Lisas Mudder will nu ehrn Geburtsdag oppe Terrasse fiern un de Gäste buten bewirten. Lisa het beten Bedinken wegen ehrn Mecki, so nöömt se em, Aber de Mudder meent, dat dat Tier so täsig is un em dat woll höögt, wenn he Lüüd lachen höört. Lisa mutt sik dormit affinnen, dat dat Tier woll uck keen'n Schaden nimmt, wennt sik nich hertroot un denn hungrig na Bett mutt; dat kummt inne freien Natur sicher uck mal för

Aber watt mutt Lisa den annern Mornen sehn? Dor loopt 'n poor verrückte Müüs oppe Terrasse üm de Dischen un Stöhl

rüm un schient gor keen Angst to hemmen, un de Treier is lerrig. Hebbt de Müüs dat Foder bimaakt un danzt nu op de Nafier von'n Geburtsdag? Un wo is Mecki? He liggt nich in sien Läger ut Eekenloh. De Deern röppt em un findt em denn an'n Hagen. He streckt alle Veere von sik un röögt un böögt sik nich. Is he doot? Lisa is ganz troorig un kann sik nich beruhigen.

„Ji hebbt em doot pett, oh, dat wehrlose Tier kunn nich so gau weglopen", so jammert se.

Aber middags, as de Deern em beerdigen will, do is he verswunnen. He is nich doot, he speeroorst in'n Schadden ünnern Appelboom rüm. Wat is passeert?

De Nabersfroo Hildegard weet seit 'n poor Daag, dat se sik 'n litt Baby bestellt het, aber dat schall noch nüms wies weern. Se will nu doch keen Sluck'n drinken. Dormit dat nich opfallt, kippt se ehr vulle Glas eenfach achter sik weg, un de Alkohol landt direkt in Mecki sien'n Treier. Un den Swienegel het dat woll goot smeckt, disse Sleef het dat mit Behagen utslabbert. Un de Müüs hebbt wollsachs uck noch wat afkregen. Nu wör dat kloor, de Tiere wörn besapen, un Mecki har sien'n Rausch achtern Hagen utslapen.

In’n Hagelschuur na buten

De April deit, wat he will, dat is’n ol’n Snack, de woll meisttiets stimmt. Dat Weer weet in’n Aprilmoond noch nich so rech Bescheed, schall dat nu Sommer weern oder is noch son litten beten von’n Winter öber bleben un mutt noch op de Eer hindaal.

In dit Johr is in Karkhusen so kort vör Ostern jümmer noch keen Weer, üm buten to arbeiden oder gor ton Spaziern gahn. Dat hagelt meist jeden Dag dicke Iesklutens. Twüschendör kickt de Sünnen mal dör de düstern Wulken, aber denn kriggt de Küll doch woller de Babenhand.

De Kinner in de School möögt in disse Hageltiet uck nich na buten. Egentlich harn se’n Sportstunnen op’n Schoolhoff hat, aber de Schoolmester mag jüm dat nich an’n Sinnen ween un tuuscht mit de Religionsstunnen. De Kinner freit sik, dat se inne warme Klasse blieben drööft, denn dat hagelt nich bloß, uck de Störm wiest noch, wat he kann, dor magst keen’n Hund na buten jagen.

Dat is Passionstiet, un de Schoolmester vertellt von Jesus un sien slimme Leidenstiet. De littje Magdalene, de noch int erste Schooljohr is, kennt disse Geschichte all ut den Kinnergottesdeenst, un se ähldankt un langwielt sik un kaut op’n Posensteel. Mit’n Mal fallt disse Stift na Eer un rullt bit na Heinrich Richter hin. Dor liggt he nu, noch beten natt besabbelt, ünnere Bank vör Heinrich Richter sien Fööt. Oh, Heinrich, de het all langen op een Gelegenheit töövt, wo he Magdalene ’n Gefalln doon kann, denn he mag disse feine

Deern geern liern. He öberleggt nich langen, krüppt nünner de Bank un grippt na den Posensteel. Dat passt aber den Schoolmester gorne, denn he will, dat de Schöler allns üm sik rüm vergeet un ganz in disse biblische Geschichte opgaht. Se schüllt nadinkern weern un mitföhln, vör alln Dingen uck mit Petrus, de Jesus, sien'n besten Fründ, nich bistahn het. Weil dor denn aber nix mehr an to ännern wör, is Petrus rutgahn un het bitterlich weent. Weil Heinrich nu nich tohöört het un ünner de Bank rümkrüppt, kriggt de Lehrer em bi'n Wickel un jagt dissen litten Bucker to Straaf korthannig bi dat slimme Weer na buten. Heinrich blifft noch int Döörlock bestahn un fangt bitterlich an to wenen. De Schoolmester kennt aber keen Erbarmen, un obschoons Heinrich de blanken Tranen öber de Backen rullt, mutt he rut.

Nu dinkt de Lehrer, dat de Schölers woller bi de Saak sünd, un he will nahaken un wieter vertelln von den trorigen Petrus, de doch so bitterlich weent het, un he fragt:

„Wer ging hinaus und weinte bitterlich?"
Do böört Magdalene ehrn kloken Finger hoch un antert ganz ehrlich: ‚Heinrich Richter.'"

De Koh vergitt, dat se ’n Kalv ween is

Son Spellwark gefallt Dierk Richard nich, wat de Dörpsjungs dor jeden Abend achter de Littmagd Margret ehr Kamerfinster aflopen laat. He het woll vergeten – is all to langen her –, wie dat wör, as he uck mal jung ween is. De Koh vergitt, dat se’ n Kalv ween is, so heet dat doch. Aber viellich het he uck recht mit sien Bedinken, denn de Littmagd is jüst eben konfermiert, as se op Scheepers Hoff togeiht. De Jungs möögt disse Deern geern lieden, un jedereen will geern ehr Brögam weern. Meist jeden Abend jiegelt dor een bi ehr anne Finsterschiev, aber Margret kehrt sik dor nich an, se het den Dag över so veel Arbeit, dat se ’s abends dootmööd int Bett fallt.

Dierk Richard, de noch wietlöfftig mit den Buurn verwandt is, is na sien Schooltiet so op Scheepers Hoff behangen bleben un het wieter keen Familie. Ob son Gnatzkopp nüms hemmen wull, wer weet?

To damaliger Tiet har man buten noch dat littje Huus. Weil man dor aber ’s nachts nich geern hingeiht, steiht ünner de Betten een Mitternachtsvaas. Nu will Dierk Richard de Grootmagd Hilde op sien Siet kriegen, denn he meent, dat Hilde dat doch uck nich recht ween kann, wenn se jede Nacht in’n Slaap stöört ward, denn de beiden Deerns slaapt in een Kamer. He het sien Plan trech un will de Jungs in’n Düstern den Inhalt von den Putt öbern Kopp kippen. Weil em dat aber schier to wenig schient, söcht he bi Hilde Hülp un fraagt ehr:

„Hilde, wo is't, hest Du nich noch beten von güstern stahn?" Hilde gifft em aber wiesen Wind:
„Mit son Swienkraam will ik nix to doon hemmen un laat Du dat uck na."

Aber Dierk Richard will opt Ganse gahn, denn he slöppt op'n Bööm inne Knechenkamer, un de is jüst öber dat Zimmer von de Deerns. As de Jungs dor nernen nu woller togangen sünd, nimmt he sien beten Miegers un kippt jüm dat in'n Düstern öbern Kopp. De jungen Lüüd hebbt aber vörher wat maarkt un sünd ton Glück gau na Siet sprungen. Weil dat uck so wenig wör, het nüms wat Natts afkregen.

Daagsöber het Dierk Richard sien'n Putt öbern Pahl stülpt, dat de utlüften kann. As de ole Knech nu eens goden Sünndags inne Karken sitt un op den Pastorn sien sinnigen Wöör lauscht, do hebbt de Jungkerls sik uck wat utdacht, denn se wüllt sik uck to Wehr setten un dat nich so hinnehmen as de Hund 'n Stück Brot. Se bruukt nich int Muuslock to krepen, se wüllt em disse splienigen Töög aflehrn. Nu nimmt sik eener von de Jungkerls 'n Gewehr, un denn zielt disse Sleef op den Nachtputt, de öbern Pahl stülpt is. Un wahraftig, he drüppt un schütt dor verdwass dorhin. De Löker sünd knapp to sehn, un Dierk Richard is ohn Arg un ahnt dor uck nich op. De eerste Nach passeert nix, denn de undichten Steern sünd wat höger. Aber weil de Knech nu den natten Kraam sammelt, denn dat schall sik doch lohnen, wenn he dor woller wat hindaal susen lett, swümmt un drifft dat dor na de annere Nach op sien'n Footbormbreer. De Gestank is nich woller rut to kriegen.

Dierk Richard het sien'n Lex kregen, denn wer sik an'n Esel schüürt, mutt sik nich wunnern, wenn he griese Hoor kriggt. Een för allemal hebbt de jungen Lüüd nu Freer vör Dierk Richard sien unkloken Töög.

Blitz in'n Glas

Ferdinand von Geldern is nich bloß de riekste Buur in'n gansen Karkspell, he is uck de kloökste, un dat weet sien Famiie un uck de Deensten un wollsachs uck dat ganse Dörp. Disse vermuckte Kirl is'n Utbunt, de Knääp un listigen Grappen kiekt em man so ut de Ogen.

Bi em op'n Hoff brennt dat fakener mal. Aber dat erklärt Ferdinand so:
„Is to dumm, dat wi jüst in de Donnerwetterintochschneis wohnt."
So het he jümmer glieks to hand 'n passliche Antwoort praat. De Deensten meent:
„Us Buur is so klook as Salomo un kann ut Schaapsködels Bickbeern maken."

In'n Junimoond, jüst so eben vör de Hauertiet, do brennt bi em de Torfschüün af, de ton Glück noch ganz lerrig is. De Füürwehrlüüd künnt nich veel mehr doon as dat Wohnhuus un de annern Gebäuden retten. Aber de neischierigen Lüüd, de dor rümstaht un de Füürwehr bannig in'n Weg sünd, de kann Ferdinand nich utstahn. De Dörpslüüd sünd an'n Rümtuscheln, wie dat Füür woll so gau in'n Gang kamen is, un toletz fraagt em 'n neischierige Froo ganz direkt:
„Segg mal, Ferdinand, hest Du hier mit Rietstickens rümspeelt?"

Oh, se har man lever stillswiegen schullt, denn Ferdinand het foorns 'n Antwoort praat un seggt mit'n Luusangelgesicht: „Dor is de Blitz inhaut."

De Lüüd betwievelt dat:
„Dor is doch gor keen Gewitter ween, buten jedenfalls nich, amennen in'n Huus bi Dien Froo?"

De veeln Neischierigen un de vele Fragerее geiht em op'n Geist, un denn stellt he sik risch hin un vertellt jüm:

„Na, Ji weet doch, dat dat in'n April un Mai düchdig dönnert un blitzt het, do har ick Glück un kunn'n Blitz affangen un in een annerthalfliter Weckglas inspeern, so kunn he hier op'n Hoff keen'n Schaden doon. Güstern abend, as ik de Bratkartuffeln weg neiht har, dor har ik opmal Smaach op Kasbeern. Ik loop flink ninnen Obsthoff, aber leider sünd de Früchte noch nich riep un smeckt noch suur. Denn bün ik ninnen Keller gahn un heff mi dor dat grüttste Glas utsöcht un dat mit na baben nahmen. In den schummerigen Keller heff ik nich sehn, dat ik dat verkehrte Glas faatkregen heff. In dit Glas wör de Blitz in, un as ik dat apen maakt heff, dor is de Blitz utneiht un is inne Schüün land't un het de in Brand sett. So, nu weet Ji Bescheed!"

As Rentner bi'n Inköpen

Günter is lange Johrn jeden Dag na Arbeit gahn un het knapp mal 'n Dag krank fiert. Oolt is he jümmer noch nich, aber he het sien Arbeitsjohrn achter sik un freit sik nu bannig op sien Rentnerleben.

He het sik 'n feint gemütlicht Huus boot un ümto sien Goorn anleggt, un he het sien leve Froo Rosi. Op disse kommodige Tiet freit sik natürlich uck Rosi, weil Günter ehr denn doch so mannigeen'n Handschlag un uck vele Weeg afnehmen kann.

Endlich is disse Tiet nu dor, un Günter het von 's mornens bit 's abends jümmer Urlaub. Nu kaamt eerstmal al de Frünnen, Nabers, Verwandten un Bekannten, wünscht em veel Glück un geevt em gode Ratslääg, wie he jeden Dag rümkriegen kann. Aber dat weet de junge Rentner uck von sülvst, denn he puddelt geern in'n Goorn rüm, dor het he all jümmer Lust to hat, un he mag geern wat ümme Hand hemmen. Nu sünd de Kasbeern riep, un Günter stiggt glattweg oppe Lidder un plückt un plückt. Dat is'n Kirschenjohr un bringt masse in'n Korv. Aber as Rosi meent, dat he ehr woll uck bi'n Utsteenen hülpen kunn, do seggt he doch glattweg:

„Nä, dat is mi to fummelig, dor sünd mien Hannen nich na maakt."

Goot, dat Rosi nich weet:

„Wo de legen Swien wöhlen schüllt, dor is dat jümmer hart."

Bi de beiden geiht dat jümmer lustig to, un faken weet Günter sik bannig to hülpen, wenn em een Arbeit nich inne Mütz is. He deit denn eenfach so, as wenn he nix hööрt. Rosi lett em dor aber nich mit dör un meent, dat he sik mal de Fööt waschen mutt, dormit de Dreck ut de Ohrn daal rutschen kann. Se maarkt, dat se em noch mannigeen Huusarbeit lehrn mutt.

Een'n Dag het Rosi dat mal ganz hill un dinkt, dat Günter doch uck mal inköpen kann, denn kummt he ünner Lüüd un findt Snackertüüch, dat mag he doch uck geern. Rosi snackt hochdüütsch mit ehrn Günter, dat Plattdüütsche het se nich lehrt, weil se inne Stadt groot worn is.

„Du könntest heute eigentlich mal beim Schlachter einkaufen, ich bin ein wenig in Zeitnot," so seggt se denn na'n Fröhstück to em.

„Ja geern,"antert he, „aber maak ik dat denn richtig?"
„Aber gewiss doch, das ist ganz einfach, ich brauche sechs Koteletts, aber komm bitte rechtzeitig zurück, ich muss die Dinger dann doch noch zubereiten."

Op'n Weg dorhin överleggt Günter, he is ganz dörher:
„Sexkoteletts, schall he de föllern, dat mag he gorne doon, aber he mutt! Dausendweg, wenn dat viellich süss Stück ween schüllt, aber dorvon het sien Rosi doch nich snackt. Süss Stück, schall dat viellich för twee Daag langen? Günter vertehrt geern twee von de Sorte, un Rosi egentlich bloß een. Is dat vandaag een besonnern Dag un dat schall een Festeten weern? Na, denn man to, lever 'n runnen Buuk as

’n langt Gesicht. Nöömt se de Sexkotelett, weil dat ’n besonnere Sorte Fleesch is?“ He will dat doch geern richtig maken.

An’n Tresen stellt he sik risch hin, seggt aber mit’n verbiestert Gesicht:

„Ich hätte gern fünf und eins Kotelett.“

„Sie meinen also Sexkoteletts“, fragt de Verköpersche.

„Klar doch“, lacht Günter nu, „natürlich meine ich Sexkoteletts, ich wusste doch nicht, dass es die wirklich gibt, ich kaufe zum ersten Mal hier ein.“

„Wat’n doch al noch lehrn kann“, miemelt Günter sik een’n in’n Boort.

De plietsche Börgermeister

Een Börgermeister, dat kann nich jeder weern, denn de mutt binah dorto geboorn ween. He mutt toveel weten un künnen. He mutt uck son Allmannsfründ ween un mit jeden, de em inne mööt kummt, fein snacken künnen. Faken mutt he stüürwehr hooln un mannigeen'n Queeskopp un Dwaarsdriewer begöschen. Bi een'n, de in een slimme Laag is, mutt he mal inkehrn, de Knüddens ut'nanner tüdeln un jümmer noch'n Trumpf inne Achterhand hemmen. Dat allns höört mit to sien'n Amtsarbeit.

In dat Dörp Jungenmoor hebbt se een ganz besonners plietschen Börgermeister wählt. He nimmt sien'n Posten ernst in dit wichtige Amt. Dat schient so, as wenn he jede schwierige Opgaav oppen Stutz korthannig lösen kann un för allns 'n richtigen Weg find't.

Eenmal wör he aber doch mal bald inne Bedrullje kamen, aber weil he bannig snutenfarig is, is dat wieter gor nich opfulln. Meisttiets duurn de Sitzungen mit sien'n Ratskollegen gor nich so langen, bit Klock twölf inne Nacht wörn se sik al eenig un wüssen, wie dat in'n Dörp un Fildmark wietergahn schull. Eenmal mutt de Liste mit de Punkte, de se afhaken müssen, woll so lang ween hemmen, dat se eers gegen Mornen dormit kloor wörn. Ob se so langen ant Verhackstücken ween sünd oder ob se beten fiert un dorbi dat Lei ünnern Steert kregen hebbt, wer weet dat? Jedenfalls is de Klock fief an'n fröhen Mornen, as de Börgermeister sik nin sien Kamer slickt. Sien Hulschen het he all vör de Döör uttagen, denn he will sien Froo doch nich opwecken un in'n Slaap stöörn. Aber jüst as he sik oppe Bettkant daalsett un sien Hosendrägers vonne Schultern tehn will, dor fangt de ole Bettsteer an to knarrn, un sien Froo waakt op. Se verjagt sik, kickt na'n Wecker un süht, dat de jüst eben fief is. Ganz verdutzt gluupt se em an un grummelt:

„Wat wull du denn all so fröh?“

Weil he een Börgermeister is, de gewohnt is, jede Laag to meistern, kummt em dat nu to Huus uck goot to pass, un he bärt so, as wenn he utslapen het, un disse Utbunt het flink de Antwort praat:

„Och Metta, wi mööt doch melken."

„Nä", antert Metta, „aber nu doch nich, de Klock is doch jüst eerst fief.

Do is he ganz tofreer un meent:

„Denn heff ik mi woll mit de Klock verkeken, denn is goot, denn läg ik mi geern noch beten woller daal."

De Dokter weet Rat

Den gansen Namiddag het Markus vergnöögt mit sien Kumpels inne Badeanstalt toovt, un nu, as he na'n Bett mutt, do jault he rüm:

„Aua-aua, mien Ohr deit so weh!"

De Mudder troot den Kraam nich so rech, kann dat viellich wat mit de School to doon hemmen? Het he amennen keen Schoolarbeit maakt? Aber Markus jault un jault, un denn kummt Oma dor öbertoo:
„De Jung het Killn, kiek em doch an, wat süht de puttöögt ut, de markiert nich. Ohrnpien kaamt mitünner as'n Deef inne Nacht."

Al beduurt se den Jungen nu, un Oma het sogor 'n Huusmiddel praat:
„Maak mal beten Olivenöl warm, geet 'n poor Drapen dorvon op een witt Linnendook un legg dat op sien kranke Ohr, un denn schall he sik dormit op de Warmflasche lägen. Dat is reken to, un denn slöppt he sik de Wehdaag weg."

Aber uck dat hülpt em nich von de Pien af, de Tranen rullt den Litten man jümmer so öber de Backen. Nu mööt se denn woll doch to nachtslopener Tiet den Dokter ropen, wat jüm ganz pienlich is.

As de Dokter na poor Minuten dor is, maarkt he foorns, dat de Littje Feber het.

„Na, nun sag mir mal, wo es Dir denn so weh tut“, snackt de Dokter em ganz fründlich an.

De littje Markus schluchzt un stammelt bloß:
„Mien Ohr, oh mien Ohr“ un wiest noch mit’n Finger op sien linke Ohr.
„Ich gebe ihm ein Schmerzzäpfchen, das auch das Fieber senkt, und der Junge wird dann bald schlafen. Eine Überweisung zum Facharzt schreibe ich Ihnen noch aus, und dann stellen Sie den Jungen dort morgen gleich vor.“

Den annern Mornen will Markus gorne so rech mehr hin na’n Dokter:
„Mi deit nix mehr weh“, seggt he un fielt foorns rut ut’n Bett.
„Ik glööv, de Dokter het nich richtig tohöört, de is wollsachs uck noch halv in’n Slaap ween. Ik heff doch vertellt, dat mi dat linke Ohr weh deit, aber de Dokter, disse Sleef, het woll „Oors“ verstahn, un denn het he mi een Moorsbontjen rinprökelt. Kanns nich glöben:
An’n Kopp deit dat weh, un de Moors kriggt de Pilln, un de Wehdaag sünd weg.
Wat ’n Wunner!“

Op de Automatik is keen Verlaat

Dag för Dag, sünndags un alldags, johrut un johrin het Dierk Dankers de Karkenglocken in Swung bröcht. Jeden Dag's middags Punkt Klock twölf het he de Stringen tagen, dat dat wiethin to höörn wör. Jedereen wüss, dat nu to Huus dat Eten gor wör, un he iel denn na'n Disch.

Aber nu is Dierk Rentner worn, un de Gemeen mutt sik 'n annern Köster söken. Aber wie dat so geiht, nüms will dit verantwortungsvulle Amt op sik nehmen. Dat hülpt nix, se mööt sik son automatischt Gerät anschaffen, dat de Klocken to rechter Tiet von sülben anfangt to lüden. Een Batterie schall de Energie dorto levern, un denn is allns opt Slott. Oh, dat klappt bestens, wie gewohnt lüüdt de Klocken wieterhin jeden Middag Klock twölf, jüstso, as wenn Dierk dor noch togangen wör.

So geiht dat över twee Johr goot, aber denn seggt Haukes Buur 's abends to „Reiner Pastor":
„Herr Pastor, vondaag hebbt de Klocken nich lüüdt, ik heff jedenfalls keen'n eenzigen Ton höört."

De Pastor kann sik dat nich erklärn un dinkt, dat dat de Gewohnheit maakt un man dat amennen gorne mehr wohrnimmt.

„Wi wüllt mornen Middag oppassen un ganz niev hinhöörn, denn werd wi wies, ob dat Gerät in'n Dutt is", sleit de Pastor vör.

Un richtig. De Klocken röögt sik nich un seggt nix na. Se kaamt nu beide op den Dreih, dat woll de Batterie leerig ween kann. Reiner Pastor besorgt nu'n neie Batterie un

klattert driest na baben un boot de sülbens in. Ut sien Studententiet kennt he noch wat von Technik, weil he dor uck veles sülbst trechklütert het, denn de Moneten wörn öd woller to wenig. Nu mutt he dat automatische Uhrwaark bloß noch op twölf stelln, un denn hööört al Lüüd 's middags woller den gewohnten Klockenklang.

Reiner Pastor het den sülben Abend noch mal woller Deenst op een Versammlung in dat Naberdörp. Se hebbt 'n hitt Thema un künnt keen End finnen. As de Pastor un de Lüüd ut'n Karkenvörstand endlich Mitternacht na Huus kaamt, do lüüdt de Klocken. Weil dat rundüm so still is un wiet un siet keen Autogebrumm un keen Maschinenlaarm un nich mal'n Tierluut to hööörn is, klingt dat veel luter un gespenstisch. Wat is los? Brennt dat eenerwärts? Nu kaamt uck all de ersten Lüüd anfieln. Se hebbt all in'n Bett lägen, wörn all todööst un sünd von de Klocken ut'n Slaap jaagt worn. Se hebbt sik gau 'n Joppen öbertagen, de Pyjamabüx kickt dor noch ünnerrut, un denn sünd se man eenfach baarf inne Hulschen rinjumpt. Wer het de Klocken in'n Gang bröcht, wer is in Not? Oder is jüm eener ton Wraak ween un wull jüm al in'n Slaap stööörn? Op eenmal sleit de Pastor sik mit de platte Hand vörn Dööts un röppt luut:
„Dat bün ik ween!“

Wat het he maakt? He het dat nich bedacht, dat he dat Gerät wieter dreihn müss, öber 's nachts Klock twölf öberhin bit to den annern Middag, un denn schulln de Klocken woller los leggen. Den litten Ünnerscheed het he nich bedacht. De Lüüd lacht dor öber un meent:

„Sone Fisemantenten het Dierk in al de Johrn nich utheckt.“

De Hoot mutt betahlt weern

Vör eenigen Johrn wör dat noch Mode, dat de Landrat öber de Dörper tehn un de Gildutgaben prüfen müss, de de Börgermeisters akraat opschreben haarn.

In de Gemeen, wo Börgermeister Jan Ehrlich sien Amt möök, kööm de Landrat Hein Klook; dat Dörp höör to sien'n Bezirk. De Landrat snack natürlich plattdüütsch, aber he wull mit „Se" un „Herr Landrat" ansnackt weern, he wüss woll nich, dat dat in'n Plattdüütschen jümmer „Du" heet.

So kööm he eens goden Dags uck bi Jan Ehrlich int Huus un sä:
„So, nu wiest Se mi mal de Liste, wo Se dat to Papier bröcht hebbt, wat Se so an Reeknungen opschreben hebbt."

De Landrat kreeg sien Brill vörtüüg un füng an to studeern, lees allns luut un düütlich vör, un denn wör he opmal stutzig öber een'n Bedrag von fief Mark för een'n Hoot. Jan Ehrlich kunn aber ganz genau vertelln, wat dat mit den Hoot op sik har:
„Ik heff mal op een Drepen von al de Börgermeisters hier ut us ganse Karkspeel bien'n Weggahn anne Gardroov mien'n Hoot hingen laten. Dat wör all beten wat later un buten wör warme Luft, un dorüm bün ik dat gorne wies worn. As ik dor poor Daag later woller rinkeek, hüng dor keen Hoot mehr, de is woll annerseen goot to pass kamen. Ik müss mi denn doch för fief Mark een'n neiten Hoot köpen, denn 'n Börgermeister ohn Hoot, wo lett dat, sowat geiht doch nich. Weil dat Drepen aber een deenstliche Versamm-

lung ween wör, heff ik den Bedrag von fief Mark mit op de Reken vonne Gemeen sett."

Dor wör de Landrat aber ganz un gor nich mit inverstahn, un he streek em de fief Mark dör.

Aber dat wör den Börgermeister keen Rech, un he sett de fief Mark in dat annere Johr woller op de Reeknung vonne Gemeen. Ditmal wör de Landrat dull, un he schafuter los:

„Herr Ehrlich, ik heff Se dat doch all eenmal seggt, sowat hööfrt nich op de Reeknung. So wiet kummt dat noch, dat de Gemeen amennen noch Ehrn Schlips oder gor Ehr Ünnerbüxen betahlen mutt!"

Un denn maakt he dor een'n gewaltig dicken Streek dör. He wohrschoont em:
„Dat will ik dor tokern Johr nich woller sehn!"

Jan Ehrlich begöscht nu den Landrat:
„Ik heff dacht, dor kreiht keen Hahn na, aber wat nich geiht, dat geiht nich."

De Börgermeister is wahraftig keen Pennenschieter, aber so bilitten füng dat an, dat em dit Spellwark Spaaß möök. Dausenweg, dor müss doch'n Dreih an to kregen ween. Em jöök dat Fell, un dat annere Johr wör he klöker. He schreev op de lange Liste in de Reeknung: Fünf Mark für Klimbim.

De Landrat, Hein Klook, kööm woller ton Prüfen, un weil he den vermuckten Jan Ehrlich un sien Fiesemantenten all

so bilitten kennen lehrt har, söch he na den Hoot, aber ditmal fünn he em nich. De Börgermeister reev sik de Hannen, grien sik een un wiesnääs:
„Ja, Herr Landrat, ik weet, dat Se den Hoot söökt, binnen is he dor, aber Se find't em nich."

Op disse spaßige Oort un Wies is Jan Ehrlich den Landrat to klook ween un to sien'n Hoot kamen.

Dor fehlt de drütte Mann

Nu is de Aarn ünner Dack un Fack, un de Buurn hebbt een lose Tiet, wie man dat so seggt. Dorüm will Dierk Buur ut Heisterdörp dat wohrnehmen un sien'n Swager in Karkhusen besöken. He müch mal woller mit em Korten döschen, dat maakt em bannig Spaaß, un he kann nich bit Wintersdag dormit töben, em jöökt eenfach de Hannen.

Helmut in Karkhusen freit sik bannig öber den unverhofften Besöök un is foorns praat ton Skat späln, aber jüm fehlt de drütte Mann. Karsten, de Söhn von Helmut, kennt uck wat von Korten, aber de besöcht sien Froo in'n Krankenhuus, de het'n littje Deern kregen.

„Ja", seggt Helmut, „vondaag is woll'n Glücksdag, de littje Emma is ankamen, un Du kummst, dat ik hier nich alleen bün."

„So is't", meent uck Dierk, „wenn't Glück in'n Moors will, denn hülpt keen Tokniepen."

Aber mit de Korten ward dat woll nix, oder? Schüllt se ehrn Naber Hannes fragen? Dorvon raat't Helmut aber af:,

„Nä-nä, dat geiht nich, sien Froo het Hoor oppe Tähnen, dat is'n Hackenbieter, dor muss Di mehr vör wohrn as vör'n slaan Perd. Sien Froo günnt dat nich, he mutt jümmer doon, wat se seggt."

Helmut öberleggt langen, un denn fallt em wat in, un dat het Hand un Foot. He löppt hin na'n Naber, is ganz ut de Puust un röppt all von Wieden:

„Hannes muss foorns herkamen, us Koh will kalben."

Nu dröfft Hannes nich Nä seggen, denn den Naber hülpen, dat höört to Nabersrechten un -plichten mit to. As Hannes süht, woto se em herlockt hebbt, will he foorns woller utneihn, denn dat wör he nich vermoot ween.

„Oh nä", klaagt he, he hett Angst vör een natt Schuur, „wat meent Ji, wie mien Anneliese sik teiert, de stiggt ut Fell."

„Dor kriegt wi ehr uck woller rin", tröst Helmut em un snackt em daal. De dree verleevt een'n vergnöögten Namiddag, de veel to gau to End geiht.

Den annern Dag kummt Anneliese denn angewichst un will jüm to Kleed un sputert los:
„Wies mi mal dat Kalv, mien Hannes het doch glattweg allns vergeten, he weet nich mal, ob dor'n Kohkalv oder'n Bullnkalv to Wilt kamen is."
„Och nä", antert Karsten, „dat künnt wi Di nich mehr wiesen, dat, daat, dat hebbt wi utdoon."
Anneliese gifft aber nich bodd:
Denn will ik de frischkalvte Koh sehn!"

Nu is Karsten dat schier to dull:
„Us Keih kalvt nich tweemal int Johr, sone Koh gifft dat nich, nichmal bi us. De Ooln hebbt sik'n feinen Namiddag maakt, den se sik as Rentner doch uck mal verdeent hebbt. Dien Hannes kunn gorne anners, he het twee ole Lüüd ut de Not hulpen, jüm fehl de drütte Mann, dat wörn also Notsaken."
„Notsaken! Notsaken seht anners ut", Anneliese schimpt wieter as son Dacklünen un will nich woller stillswiegen.

Nu ward Karsten füünsch, dissen gremiterigen Giftzwerg will he dat Muul stoppen, de schall ehrn Lex kregen. Weil Anneliese un Hannes ’n olen Hund hebbt, de keeneenen wat deiht un free op jümehrn Hoff rümlöppt, het he nu een Schild maakt un an de Porten nagelt:

Warnung vor dem Hunde
Mit Schürze und giftiger Zunge!

Karneval mit'n General

Karneval is de Tiet int Johr, wo Karin sik jümmer langen op freit. Dat is ehr Johrestiet, denn se mag to geern mal in annerseen sien Huut krepen. Weil se nich mehr de Jüngste is, kann se dor, wo ehr nüms kennt, uck mal op jung markiern un bi flotte Musik rümhüppen, as wenn se twintig is. Keeneen kann ehr denn bewiesnäsen un lästern.

Wie jedes Johr het Karin sik ehr Kostüm uck ditmal sülvst neiht. Jümmer wenn Friedhelm, wat ehr Kerl is, buten oppen Fild arbeit, denn sett se sik gau anne Neihmaschin. Ut ole Spitzengardinen zaubert se een vörnehme Bluus, un ut twee ole verschiedene bunte Sommerröck schostert se een langen eleganten Rock trech. Mit'n gullen Fächer inne Hand will se ne feine Gräfin dorstelln. Ehr Friedhelm ward von allens nix wies. Friedhelm het sik'n Generalsuniform ut Kaisers Tieden lehnt, he will uck mal veel dorstelln un wat Besonners ween.

Aber as de grode Dag nu endlich dor is, do ward Karin krank, se mutt den Weg na dat littje Huus warm hooln. So een Mallör, se is sik sülvs vergrillt to. Se lett foorns den Pillendreiher wat verdenen, aber mit abends Utgahn ward dat nix, ehr Buukwehdaag piesackt ehr. Se günnt ehrn Friedhelm aber dit Fest un seggt to em:

„Gah du dor man driest alleen hin, du magst doch de Karnevalsleder geern höörn, de spält bestimmt uck noch de Oldies ut us Jugendtiet. Tominst weer ik denn uck noch wies, wat dor los ween is."

Langen naschünnen lett Friedhelm sik nich, he stiggt rin in sien smucke Uniform un tiert los.

Na twee Stunnen geiht Karin dat beter, un denn kann se dat to Huus nich mehr uthooln. Se överleggt nich langen un smitt sik rin in ehr vörnehme Kledaasch; de feine Blässe kriegt se mit Kartoffelmehl hin. Een Düsterbrill vör de Ogen un Uroma ehrn Karkenhoot oppen Kopp, dormit is se goot utstaffeert, süht ut as sone Adelige un is nich mehr to kennen. De Weg dorhin is man kort, un se höört öd de beste Blasmusik. Se geiht nu över de Buurndeel, de för dissen Dag mit glatte Platten fein utleggt worn is.

Karin kickt nu ümher un söcht den General, aber ünner de Dänzers is he nich. Oh, he het sik beten ut de Schusslienen bröcht un fründjert inne Eck mit twee junge Deerns rüm.

„Na, wat de künnt, dat kann ik veel beter", dinkt se luut bi sik sülvst. Se gesellt sik dorto un fangt an, em to strakeln un smitt sik jümmer beten nöger an em ran. Se is so driest, dat de beiden Rivalinnen opgeevt un öd dat Fild rüümt. Den General höögt dat bannig, dat mutt ja woll de smucke Uniform maken, dat he so grote Chancen het. He versöcht, ehr'n Söten to geben, aber se tütt em op de Danzfläche un will'n flotten Walzer mit em opt Parkett lägen, wie se dat mit em gewohnt is. Aber wat is los mit em? He kann gorne den Takt hooln. Het he all toveel Sluck drunken? Oh, denn hebbt sien Frünnen em sicher all welke tospöölt, hebbt dat wohrnahmen, weil he ohn'n „Oppasser" dor is, so seggt de dat denn jedenfalls. He krüppt uck jümmer dichter an ehr ran. Disse Sleef schient dat Lei ünnern Steert to hemmen.

As se nu an de Knechenkamer vörbi danzt, nimmt Karin de Gelegenheit wohr un tütt em dor rin. He schient gorne so duun to ween, he weet genau, wat he deit, un se weet dat uck. Se weet, dat se mit em verheirat is, aber dat weet he nich. Dausenweg, dat har se nich von em dacht. Wenn ehr dat annerseen vertellt har, dat har se em nich glöövt, se dach, dat ehr Friedhelm 'n treuen Ehemann is, treu wie Gold! Aber nu beleevt se dat anners, he schull sik wat schämen. Oh, wat fründjert he mit ehr rüm, un jüst noch in'n rechten Ogenblick kummt de Knech in sien Kamer, un nu neiht Karin ut, weg na buten un af na Huus. Oh, wat mutt se nu von em dinken von dissen treulosen Kerl. Denn stimmt dat Sprickwoort woll doch: „Stille Water sünd deep."

Nu kipp uck Karin sik twee Konjaks achter de Binsen, se kann sich uck in'n Bett knapp beruhigen.

As Friedhelm endlich na Huus kummt, het se noch Lich un kukeluurt in'n Bett rüm.

„Wat maakt dien Pien, geiht di dat 'n beten beter?" fragt he ganz besorgt.
„Disse Schauspeeler, son Halunke", dinkt se, un dat het Last, dat se so ruhig blifft.
„Och, üm mien'n Buuk maak di man keen Gedanken, de Buuk schient woller in Ornung to ween, aber wie geiht di dat? Hest du veel Beer un Sluck drunken un uck düchdig danzt?"

„Och wat, nix von dat, ik bün dor gorne ween, ik heff mit Willi un Fritz Korten späält."

„Nanu, worüm denn dat, harst di doch mal fein amüsiern kunnt", meent Karin.

„Och, wenn du dor nich bi büst, denn maakt mi dat keen'n Spaaß", verteidigt he sik mit'n ganz ehrlicht Gesicht.

„Oh", dinkt se, „ik laat em leegen, soveel as he will, wo will he toletz noch de Wöör hernehmen, he het sik dat jo fein utdacht. Wenn he nich mehr wieter weet, denn krieg ik em bie'n Kanthaken un spring em anne Görgel, un denn will ik em bintern. Ditmal is em dat bitogahn.

„Laat us nu man slapen", sleit he vör, „ik bün uck ganz mööd."
„Och so, wovon denn"? will Karin weten.
„Na ja, von den langen Dag, un bi Willi Buur is dat uck nich rech warm inne Dönz, un ik wör jo uck nich warm antagen", klaagt Friedhelm.

Karin nimmt noch'n neiten Anloop:
„Och, denn is de smucke Generalsuniform doch gorne to Ehren kamen, un du hest dat vele Gild ümsünst utgeben un hest dor nix von hat."

Friedhelm het bald keen Lust mehr ton Snacken, aber he mutt Karin dit denn doch noch vertellen:

„Dat Kartenspeeln het mi veel mehr Spaaß maakt as de ulle General. Du kennst doch den Ottmar, de jüst bi Heidbuur as Knech togahn is, dat is son rechten Schörtenjäger. He kööm dor eben woller an vörbi un het us vertellt, wat he op den Ball allns so beleevt het. Disse Opsnierder het us schön wat vörflunkert. Wi hebbt em dat natürlich nich glöövt, dat em een Froonsminsch inne Knechenkamer rintagen het un se dor denn böös to kehr gahn sünd. Dat wör em soveel Spaaß weert ween, un he het mi foorns de Leihgebühr geben, ik heff em nämlich mien Generalsuniform öberlaten.

Oma ehr Vermächtnis

Veel Gild un Goot het Oma Margaretha nich to verarben, aber ehr Enkeldochder Gesche is ganz scharp op de Weertsaken, de besonnere Geschichten schrievt. In Oma ehr Kommode liegt Saken, de Gesche veel bedüürt. Geern mag de Littje de veerkantigen, düstern wullen Schullerdöker lieden, dat een is gries un verschaten, dat nimmt Oma alldags to Hülp, wenn se mal eben na'n Naber löppt. Mit dat betere, wat so week is un ganz schick utsüht, geiht se sünndags na Kark. Un sünndags namiddags na de Kaffeetiet maakt Margaretha geern mal'n Rundgang dör dat Dörp, un Gesche dröfft mitgahn, un denn passt beide ünner dit warme Schullerdook. Gesche is to de Tiet noch so litt, dat se knapp öbern Disch kieken kann, aber disse Muscheplunt het'n behüllern Kopp un vergitt allns sowat nich.

De Platz för de Bibel mit de groten Bookstaben, wo uck masse Namens un Geburtsdaag mit Black rinschreben sünd, is in den böbersten Uttoch von de Kommode. Jüst dor blangen liegt twee Gesangböker, een von Opa, un dat annere hööṙt Oma to, un denn is dor noch dat Gebetbook, wo Opa denn bi swore Gewitter ut vörleest het. Von Opa sien Tiet vertellt noch een hülten Zigarrenkist, wo Opa sien Taschenuhr un von Oma twee gulle Bröschen in sünd. In de ünnerste Schuuv liegt, ganz fein tohopen geleggt, Oma ehr blau- un swattwitt gemusterten Schörtens un uck de Vörbinnerschörtens, wo Margaretha Schuut to seggt. Oma ehr leddern Handtasch, de se uck för ehrn Karkgang bruukt, het hier uck ehrn Platz. Wenn se annertiets wat to slepen het, denn nimmt se den Weidenkorv mit, de inne Waschköök

anne Boort hingt. Ganz vull stoben is so bilitten ehr Flunkhoot, weil Margaretha all langen nich mehr so goot op Beenen is un se bi Sünnenschien nich mehr arbeiden kann.

De Enkeldochder Gesche is Oma Margaretha ehr Een un Al, de beiden sünd een Kopp un Oors. As Oma nu doot is, arvt Gesche al disse feinen Saken, un Gesche hullt dat goot in Ehrn.

De Johrn gaht hin, un denn is Gesche sülvst Oma, aber se is noch jümmer ganz rüstig un hülpt in jümehr Landwirtschaft düchdig mit. Inne Hauertiet swungst se de Hark, as wenn se ’n junge Deern is, man kann ehr all von Wieden kennen, denn se driggt noch jümmer den Flunkhoot von Oma, obschoons dat all langen keen Mode mehr is. Wie dat denn opmal kamen is, kann nüms seggen. Het se den Band nich goot toknütt? Jedenfalls faat de Tüselwind ünner den Hoot un nimmt den mit. Un denn landt dat gode Stück inne Wümm, de hier all bannig breet un deep is. Dat Water driggt den witten Hoot so gau weg, dat den nüms mehr griepen kann. Bloß de Naber Hinnerk, de hier uck Hau dröög maakt, ward dat wies, as de bi em vörbi swümmt. He jumpt stanteped ninne Wümm un kriggt dat kostbare Stück to faten, dat allerdings messnat is. Wat höögt Hinnerk dat, dat he ’s abends den Hoot, den he in’n Bargenboom dröögt het, na Gesche hinbringen kann. Gesche is nich vermoot ween, dat se den Flunkhoot jemals woller süht, un is unendlich dankbor.

Gesche hullt aber nich bloß al de Saken in Ehrn, se kann sik uck noch goot besinnen op Oma ehr Lebensweisheiten. Gesche geiht den annern Dag bi un söcht in ehrn Obsthoff ’n korvvull Beern op un bringt den Naber de hin.

Hinnerk freit sik un seggt:
„Och Gesche, dor bruukst Du doch nich son Weeswark von to maken, ik heff dat doch geern daan, un denn har dat Danken un Gootmaken doch uck noch Tiet hat.“

„Ja, viellich har dat Tiet hat, aber wat mien Oma mi mitgeben het, dor heff ik mi jümmer an hooln:
„‚Wenn Du wat Godes doon wull, denn schuuv dat nich op, denn do dat foorns.’“

Den annern Dag liggt Gesche doot in’n Bett, se het ’n Slag kregen, un sowat is nüms vermoot ween.

Een Wiehnachtsmann inne Natur

Waldemar heet he, disse gediegene Kerl, un de Naam passt goot to em, denn he leevt inne Eensamkeit. Mit'nmal is he dor opduukt, nüms kennt em. Dicht bi den Beek het he sik 'n Lock graavt un dat warm mit Stroh un Loh utpolstert. Regen un Snee künnt dor nich rin, een Dack ut Blick hullt dat af. Hier haust he twüschen Büsch, Gestrüpp, Bargenbööm un Fuhrn. Dat Stück Urwald höört de Gemeen Barkenhoorn to, he is hier keeneen in'n Weg, un he deit uck bestimmt nix Leegs. Een Hund leist em Gesellschaft, dor snackt he mit, jüstso as mit de Hasen un Reh. Wovon leevt he un worüm is he hier? Ob em viellich dat Leben böös een topuult het? Dat schient so, as wenn he mit keen'n wat to doon hemmen will. De Jägers hebbt all versöcht, mit em to snacken, aber he geiht jeden ut'n Weg un kickt mit sien troorigen Oogen na anner Siet.

Aber denn het Klaus Buur dat schafft, he het sik toerst mit den Hund anfründt. Bi de Gelegenheit het de Buur em fragt, ob he woll 'n Treckerführerschien het un em 'n groten Gefalln doon kunn, wenn he em bi de Aarn hülp. Waldemar kann nich „ Nä" seggen, un sien Oogen verroort, dat em dor masse an gelegen is. Dree Weken lang föhrt he nich bloß Trecker, he is uck vör swore Arbeit nich bangen, he wurackt as son jungen Kerl. He snackt nich mehr als nödig deit, un nich eenmal höört man em lachen, obschoons de Lüüd versöökt, mal'n Spaß to maken – is allns för de Katt, uck öber den lustigsten Witz smunzelt oder grient he nich 'n litten beten. In disse Tiet kriggt he goot wat to eten, aber Daglohn nimmt he nich, Gild is woll för em nix wert. 'S abends geiht he woller na sien Wildnis un slööpt in sien Hüsung.

Bilitten ward dat nu Harst, un Waldemar ward nich mehr bi de Arbeit bruukt. Klaus Buur vergitt em aber nich un stellt em faken wat to eten vör sien Döör, mal' n sülvst-gebackt Swattbrot oder 'n Mettwust, 'n Korv vull Kartuffeln oder Appels, 'n Stück Botter oder Speck, un vergitt uck nich de Knaken för den Hund. De Buur is em ganz dankbor, dat he in'n Sommer so willig jede Arbeit daan het.

Waldemar versteiht hier inne Natur to leben, he hullt sik reinlich, wascht sik un sien Tüüg in'n Beek un hoolt sik dor uck Drinkwater rut. Aber nüms het klook kregen, wo oolt he is, denn von Rasiern un Hoorsniern hullt he nix. Sien Boort is so lang, he kann so as Wiehnachtsmann gahn, un dorüm fallt Klaus Buur nu wat in. In sien Hultdeel will he ut de Schonung masse littje Dannenbööm twüschen rut haun, üm de an de Dörpslüüd as Wiehnachtsbööm to verköpen. Dor schall Waldemar em nu woller bi hülpen, denn dat schall dor buten son litt Vörwiehnachtsfest weern. As he Waldemar von dissen Plan vertellt, dat he den Wiehnachtsmann speeln schall, do will de aber partu nix dorvon weten un wehrt sik:

„Dat kanns Du mi nich an'n Sinnen ween, ik will mit keeneen wat to doon hemmen, un eers rech nich mit Froonslüüd un Kinner."
„Du schalls dor goot bi weg kamen, ik geev Di teihn Perzent von den Gewinn af," versöcht de Buur em dat smackhaft to maken.

„Wat schall ik mit Perzenten, dor ward nüms satt von.“ Waldemar will eenfach nich anbieten, he mag bloß alleen in sien’n Burg vegetiern. De Buur gifft nich bodd, un toletz seggt Waldemar em dat to, dat he dor as Wiehnachtsmann mit hülpen will.

Mit den roten Kapuzenmannel is Waldemar to een richtigen Wiehnachtsmann wie ut’n Billerbook worn. Nich mal den langen Boort bruukt he sik an to backen, de is em von sülben wussen. He kriggt ’n handliche Bögelsaag, denn kann he een grütteren Jung viellich mal hülpen, wenn de sik sülbens mal den richtigen Boom afsagen müch. De Buur hanteert mit’n Motorsaag, de is woll luut, aber dat geiht fixer. De Buurfroo beköstigt Litt un Groot mit warmen Kakao, hitten Krock, Knackwust un Wiehnachtsstuten. Disse Idee het Anklang funnen, un binah al Dörpslüüd sünd hier nu an’n drütten Advent tohoop kamen. De jüngeren Kinner stellt sik vör den Wiehnachtsmann hin, seggt een Gedicht op, singt ’n Wiehnachtsleed un vertellt em, wat he jüm to Wiehnachten bringen müch. Dat schient den goden Mann doch Pleseer to maken, denn he smunzelt, un sien’n warmen Oogen strahlt.

De meisten Lüüd hebbt nu ehrn Boom ünnern Arm un gaht na Huus, aber dor staht noch twee Kinner, een litten Bödel von ungefähr veer Johr un denn noch ’n litten Grasmieger, de jüst eben lopen kann. De staht dor ganz alleen, passt dor nüms för op? Aber denn kummt een junge Froo, de jüm anne Hand nimmt.
„Ja“, seggt se, „de heff ik mitbröcht, de wohnt in us Hüßelhuus, de schüllt doch uck dorbi ween, wenn jümehr Speel-

kameraden hier sünd, un de beiden hebbt doch uck geern de Knackwust eten. De Jung troot sik, nu noch gau den Wiehnachtsmann een'n Vers optoseggen, un he stickt em den Zeddel to, wo he jümehr Wünsche opmaalt het.

„Wie heet Ji beiden denn, un möögt Ji denn gor keen'n Boom liern?" fragt de Wiehnachtsmann.
„Ich heiße Lars und meine Schwester heißt Wiebke. Unsere Mutter hat gesagt, dass nicht alle Familien einen Baum schmücken können, denn so viele wachsen nicht im Wald."

De Wiehnachtsmann maarkt öd, dat de woll nich veel inne Melk to krömen hebbt.
„Is Jo Stuuv denn woll so groot, dat dor een Boom rinpasst, oder hebbt Ji dor gor keen'n Platz för?"
„Oh doch", antert de Knirps, „auf der Kommode liegt eine feine Decke, bestickt mit Tannen und Kerzen, da würden ein paar Zweige hinpassen, meint Mama."

Nu het de gode Mann veel Tiet für jüm, un de beiden drööft sik den richtigen Boom utsöken, un den nehmt se mit.
„Unsere Mama wird sich freuen", lacht de littje Ütz, klappt inne Hannen un wirbelt un danzt üm sik rüm. He vertellt den Wiehnachstmann noch veel, he kann klook snacken:
„Mama muss jetzt schlafen, denn nachts passt sie im Krankenhaus auf die Patienten auf."

„Un Jo Papa, wo is de?" will de Wiehnachtsmann weten.

„Der wohnt weit weg, hat jetzt ein neues Kind mit einer anderen Mama", antert Lars em ganz ehrlich.

De Bööm sünd nu al af, un de Buur tällt dat Gild. Dat het sik lohnt, un wat'n Wunner: Waldemar nimmt doch sien verdeenten Perzenten, un dat is 'n ganse Handvull. He strahlt un meent:
„Tokern Johr künnt wi dat geern woller so maken."

Mit dat verdeente Gild geiht Waldemar int Koophuus, nimmt den besten un weeksten Knudelteddy un'n groden Kasten mit Legosteen'n, wie Lars dat opmaalt har, köfft uck noch 'n roten Wiehnachtssteern in'n verzierten Keramikputt. Mit 'n Pund Kaffee und brune Koken dorto is de Sack denn vull. An'n Heiligabend, as dat düster is, slickt Waldemar sik dormit na Lars un Wiebke, klingelt un verstickt sik achtern dicken Boom. He hööort noch, wie de Mudder rut kickt un de Kinner jubelt, un denn is he verswunnen.

Un wat is dor nu ut worn? Dat het woll allns so ween schullt, denn us Herrgott lett woll sinken, aber nix verdrinken. Dat annere Johr mutt Klaus Buur sik üm'n annern Wiehnachtsmann bekümmern, denn Waldemar het sik den Boort afschraapt un sien Prüük bi'n Putzbüdel sniern laten. Teihn Johr jünger is he worn. He het sien Weeswark inne Wildnis opgeben un is bi Lars un Wiebke un jümehr Mudder in dat smucke Fachwarkhuus intagen. He ward uck woller Herman ropen, dat is sien richtige Naam, un he arbeit woller as Techniker inne Autofabrik bi sien'n olen Chef.

So hebbt de beiden Kinner een goden Papa kregen, Mudder Elsbeth een'n Mann funnen, de ehr leev het un för jüm al sorgt, un se sünd nu een neie, richtige Familie.

Ooltjohrsabend

De dree Wiehnachtsdaag sünd nu vörbi, dat is woller Alldag, aber de Lüüd in'n Dörp fangt keen Arbeit an. Dat gifft uck jo son poor Verbote, de Drössel dröfft nich ut de groden Döör nahmen weern, de Froonslüüd schüllt keen Tüüg oppe Lienen hingen un wat nich noch allns.
„Dat is Höhnergloben, wo de Hahn nix von weet", so seggt de Lüüd, aber se hoolt sik dor doch an.

Nu is de letzte Dag int Johr, un de Üllern von de littje Ilse wüllt op de Naberskopp den Ooltjohrsabend fiern. Ilse will nich mehr mit, se is negen Johr jung un föhlt sik bannig stark, se will ehr beiden Fründinnen Erna un Gesine Bescheed seggen, un denn wüllt de dree Deerns un de Hund Teddy dat Huus heuern. Teddy is jümehr beste Fründ, mit sien lute Bleken lett he keeneen rin. As de Üllern denn endlich weg sünd, verriegelt un verrammelt de Kinner al de Döörn, sogor de Stallklappen kiekt se na; son beten Bammel hebbt se woll doch. Un denn maakt se sik dat in de warme Dönz gemütlich mit Erdbeersaft, Bruus un leckere Kekse. Se dadelt rüm, kichert un vertellt sik ehr litten Geheemnisse.

Obschoons de Klock eers teihn is, geiht opmal all dat Geknäter los. De vermuckten Jungs künnt dat doch woll nich afluurn, bit dat neie Johr anfangt. De dree Deerns sünd aber nich bangen, denn al de Döörns sünd puttdicht, un keeneen von de driesten Jungs kann in't Huus. De Jungs is dat uck woll öd leed worn, denn nu blifft allns still. De Kinner fangt nu an, sik Spookgeschichten to vertelln un freit sik, dat se

dor nich an glöövt. Dat is doch lachhaft, sowat gifft dat nich, dat Wodan twüschen Wiehnachten un Neijohr mit Peer un Wagen dör de Luft tütt, un dat de Störm em mit Gebruus vöran drifft. Aber denn höört se opmal son lies't Kloppen. Wat is dat? Tuckert dor een an't Finster? Se lauscht, aber dat is woller still, dat sünd woll doch de Jungs ween, de dat wies worn sünd, dat de Deerns alleen inheuert. Aber bangen maken laat de Dree sik nich, den Gefalln dot se de driesten Jungs nich.

Se dinkt sik neie Spookgeschichten ut un lacht luut daröber. Aber wat is dat? Kloppt dat nich all woller? Se höört niev hin, nä, dat kummt nich von'n Finster, dat is so, as wenn dat öber jümehrn Kopp is. Sünd de unkloken Jungs doch in't Huus kamen? Hebbt se eenerwärts 'n Stallklappen apen schüddelt? Aber denn har Teddy doch bleken müsst, un dorüm roopt un lockt se den Hund nu. Aber dor kummt keen Hund vörtüüg, dorför kloppt dat nu veel luuter, un dat Kloppen nimmt keen End. De Deerns sackt nünnern Disch, un al dinkt se dat sülbige:

Schull Wodan doch eenerwärts mit Peer un Wagen rümkutschiern un de Spötteree öber em höört hemmen?

Dat geiht hier nich mehr mit rechten Dingen to. Am leevsten müchen se weglopen, aber de troot sik nich na buten. As denn Klock twölf dat Geknäter los geiht, do geiht uck dat Kloppen bannig luut wieter. Öber jüm op'n Bööm mutt dat ween, dat kloppt un kloppt, dor is dat End von weg.

Endlich dreiht sik dor 'n Slötel in't Slott, de Üllern kaamt na Huus un find't de Dree ünnern Disch. Nu höört uck Mudder un Vadder dat Kloppen, un de Vadder will de Saak op'n Grund gahn.

„Schulln dat ’n poor halvwussen Jungs ween, de de Habern stickt, denn will ik jüm wat anners vertelln, de Fiesemantenten will ik jüm aflehrn. Wenn jüm dat Fell jöökt, denn künnt se ’n Jackvull kriegen“, bölkt de Vadder los.

Jo, un opp’n Bööm dor find’t de Vadder keen Jungs un keen Gespenst. De Hund sitt twüschen al dat Wiehnachtspapier in’n hogen, stabilen Pappkarton un kann dor nich woller ruut. Jümmer, wenn he de Deerns höört het, denn het he mit sien’n dicken Steert gegen den Karton slaan. He is woll bi dat erste lute Geknäter noppen Bööm flücht un in den Karton land’t. O, wat sünd de Deerns glücklich, dat dat keen Gespenst gifft.

Hilde ehr Schooltiet op'n Dörpen

Hilde vertellt geern ut ehr Kinnertiet, as hier noch de Kaiser regiert het. As teihnjährige Deern kööm se ut de Grootstadt na'n Dörpen.

Geern dinkt se trüch an ehr Schooltiet, un dorbi fallt ehr uck veel von de Handarbeitslehrerin in. Dat is een eenfache Huusfroo ut'n Dörp ween, un de dröffen se mit „Tante" ansnacken. Hilde kummt int Swarmen un weet noch, wat se jüm allns lehrt het, allns, wat se mal in'n Leben goot bruken kunnen: Strümp un Handschen knütten, stoppen, veerkantige Flicken opsetten, insetten un ünnersetten. Toletz bröch se jüm noch bi, wie se mit de Pettneihmaschin ümgahn müssen un för sik sülvst een Kleed tosnieden un neihn kunnen. De Schoolmester har dat domols inne Dörpsschool uck nich licht, denn he müss mehrere Johrgänge to glieker Tiet in een Klassenzimmer masse bibringen un de Schöler faken bändigen. Aber se hebbt allns dörnahmen, hebbt „Hermann un Dorothea" un uck „Götz von Berlichingen" mit verdeelte Rullen leest; keener het opmuckt, as se „Schillers Glocke" von'n ersten bit ton letzten Vers utwinnig lehrn müssen.

Inne Reken- un Raumlehrestunnen wör dat nich anners. Jeder kunn, as he na acht Johr ut de School kööm, dat littje un dat grote Eenmaleen utwinnig herseggen. Prozent-, Bruch-, un Tinsreken har jedereen lehrt, un man wüss, wie de Ümfang un Inhalt von'n Kreis berekent wör un de Flächen von'n Rechteck, Dreieck, Kegel un wat nich noch allns. Jeden Schöler versöch de Schoolmester dör dat Schooljohr to hülpen, dat he nich sitten bleev.

Nu kann man sik goot vörstelln, dat de Lehrer uck mal in de Brass kööm un füünsch weern kunn. Hilde kann den Dag nich vergeten, as de Schoolmester son richtigen Bullerballer wör un luut bölk un ganz gräsig mit de Fööt gegen dat Pult dönnern dä. Do kreeg de littje Hini dat mit de Angst, denn he vergleek dit Getöse mit dat gewaltige Dönnern bie'n swoort Sommergewitter. Nu wör he bangen, denn hier har he doch keen'n Bistand wie to Huus. Dor wör Opa, un de slöög denn dat Gesangbook op un fünn de Siet mit de Überschrift: „Bei großem Ungewitter zu lesen." Hini krööp denn bi Opa noppen Schoot, un Opa lees un beer so andächtig, dat nüms Angst hemmen müss.

Disse Saak füll Hini opmal in, un he wüss sik uck in disse grode Not to hülpen. Bi son'n gewaltigen Laarm kreeg he uck dat dicke Gesangbook vörtüüg un füng an to bloorn, bit he de Steer funnen har:
„Behüte uns, dass wir die Donnerstimme Deines grimmigen Zorns nicht mehr hören müssen."

De Schoolmester wör Hini sien Hanteiern wies, un denn müss de littje Bucker mit sien Book na vörn kamen. Hini rutsch dat Hart noch mehr inne Büxenbeen hindaal, un de annern Kinner wörn mucksmäuschenstill, se dachen, dat Hini nu woll 'n Jackvull kreeg. De Lehrer keek sik den Vers int Book an, aber nix passeer, un Hini dröff woller na sien'n Platz gahn.

Dat kööm noch fakener vör, dat de Schoolmester son Schuur kreeg un dull weern dä un luut anfüng to bölken. Denn besünn he sik aber gau woller un sä:

„Hini, kannst Dein Gesangbuch wieder aufschlagen."
Al müssen se denn lachen, sogor de Lehrer grien, un de ganse Arger wör futsch.

Masse Lüüd hebbt sicher sone Schooltiet beleevt, un Hilde freit sik, wenn al disse Saken nich vergeten weerd.

Een Woort achteran

Ik müch geern al de leven Lüüd danken, de dorto hulpen hebbt, dat dat mien plattdüütschen Böker gifft:

Mien Fründin Rosemarie, de mi den Schubbs geben het, dat ik mit dat Schrieben anfungen bün, mien Nabersfroo Erika, de sik nich scheut het, mien Schrievkraam in düüt - liche Computerschrift ümtowandeln, Christel ut Bremervör, de so feine Biller maalt het, al de Lüüd, de mi ehr Beleevnisse tokamen laten hebbt, dat ik de denn as plattdüütsche Geschichten oder Döntjes schrieben kunn un nich toletz den Isensee Verlag, de dat ganse Bündel to een Book fein trech schostert het.

De Geschichten von vondaag, wo dat üm aktuelle Dinge geiht, wo von neie Erfindungen, von ‘n Klöönkasten, Elektrizität, Auto, moderne Dokterkunst, von automatische Maschinen, von’n Ackerschnacker un wat nich noch allns snackt ward, disse Saken müchen wi nich mehr missen.

Ut de Geschichten von güstern künnt de jungen Leser klook kriegen, wie jümehr Urahnen fröher leevt un arbeit hebbt. De Handwarkers kennen keen Motorkraft – allns müß suur mit de Handsaag trechsaagt weern oder mit’n Äx un Biel trechhaut weern. Se hebbt ehr Hüüs boot, wat masse Möh un Arbeit un Verzicht köst het, se hebbt spoort un bewohrt. De Buurn un de Deensten müssen bi de Fildarbeit bannig sweten, bit se de Aarn, wo uck dat Foder för de Tiere to höörn dä, ünner Dack un Fack harn. Se harn aber uck veel

Freide dor an, wenn se ehr Tiere, de al Namens harn, goot hegen un plegen kunnen.

De Froonslüüd op'n Dörpen müssen dat Water ut'n Soot in'n Ammel hochtehn oder mit'n Winnen hochdreihn, dat lööp nich ut de Wand. Den Brotdeeg kneern se in'n Backetrog un backen dat buten in'n Backoben gor. De Wäsche wör in'n Grapen kaakt un denn op'n Waschbrett rein rubbelt. Se kennen keen Waschmaschin, keen Huulbessen un uck keen Mixer. Se hebbt allns sülvs von Hand maakt un harn een langen Arbeitsdag.

Us Urahnen hebbt nich weten, wer na jüm hier leben dröffen, se hebbt us nich kennt, aber se hebbt us den Weg eben maakt, dat wi vondaag so goot leben künnt. Wi schulln al jümehr Doon un Warken ehrn un dat nich to nichte maken. Us Vörüllern müchen sik wollsachs düchdig frein, wenn se wüssen, dat wi wieterhin de feine plattdüütsche Spraak mit de gediegenen Wöör un Sprickwöör nich vergeten dän un disse Spraak schrieben, lesen, snacken, singen, plegen un leben dän.

Wat de Wöör bedüürt

A
Aarn = Ernte
Achterhand = Hinterhand
Ackerschnacker = Handy
ählдankt = sitzt müßig
Afkaten = Advokat
afluurn = abwarten
afschraapt (Boort) = rasiert
amennen = womöglich
anfieln = herlaufen
angahn (nicht) = geht nicht an
angewichst = hergerannt
apene = offene
Äx = Axt

B
baarf = barfuß
Babenhand = Oberhand
bärt (so) = tut so
bannig = sehr
Bargenbööm = Birkenbäume
Beek = Bach
Bedrullje = arge Verlegenheit
befummelt = befühlt, ertastet
begöschen = beruhigen
beköört = bemängelt
besabbelt = mit Spucke beschmiert
Bettsteer = Bettgestell
bewiesnäsen = lästernd darüber reden, sticheln
Biel = Beil
bintern = strafen
bito = daneben
Black = schwarze Tinte
blangenan = nebenan
Blick = Blech
böört = hebt
Bödel = kleiner Junge v. 3-7 Jahren
Brass = Wut
Brotsteer = Lebensstellung (Arbeit)
Buuk = Bauch
buukte Hand = Bösewicht
Buukwehdaag = Leibschmerzen

D
daalsett = hingesetzt
Dacklünen = Spatz
dadelt = albert herum
Dagwark = Tagewerk
deep = tief
Deensten = Knechte u. Mägde
Dööp = Taufe
Dööts = Kopf
döörgröönt = genesen
Dörpssnack = Dorfklatsch
Dössel = herausnehmbarer Mittelpfosten in der Dielentür
Drepen = Treffen
driest = mutig, frech
Düsterbrill = Sonnenbrille
Düstern = Dunkeln
Dutt (in'n) = entzwei
Dwaarsdriever = Querulant

E
Eekenloh = Eichenlaub

F
faken = oft
fief = fünf

fielt = läuft, eilt
Fiesemantenten = eigenartige Streiche
foorns = sofort
Footbormbreer = Fußbodenbretter
freet = geheiratet
Froonslüüd = Frauen
fründjert = flirtet
Frünnen = Freunde
füünsch = wütend
Fuhrn = Kiefern

G
Gatz = Schnittwunde
gleiht = glüht
Gnatzkopp = Griesgram
Grapen = riesiger, eiserner Kochtopf mit Beinen oder eingemauert
Grasmieger = kleines Mädchen v. 1-3 Jahren
gremiterig = wütend
grippt = greift

H
Hakenbieter = wütender, hinterlistiger Mensch
halvwussen Jungs = Jungen zwischen 14 u. 16 Jahren
Harst = Herbst
Hauer = langer Zahn
Hauertiet = Heuernte
heten ward = befohlen wird
hill = eilig
Höhnergloben = Aberglauben
höögt = freut, lacht
hööpt = hofft
Hüßelhuus = Häuslingshaus
Huulbessen = Staubsauger

I
inheuern = einhüten

J
Jackvull = Schläge
jechens = irgend
jechenswatt = irgend etwas
jieperig = gierig
jöökt = juckt
jümehr = ihre
jumpt = flitzt, flutscht

K
Kanthaken (nehmen) = zur Rede stellen
Kasbeern = Kirschen
kehrt sik nich = nimmt es nicht wahr
Ketelflickers = Leute, die andern Schlechtes andichten
Killn = Schmerzen
Kledasch = Kleidung
Knääp = Streiche
knippöögt = zwinkert
Knoop = Knopf
Knüddens = Knoten
korthannig = sofort, ohne viel Zeit zu verlieren
krüppt = kriecht
Küll = Kälte
kukeluurt = sinnend, nichts tun
Kusen = Backenzahn

L
laat = spät
later = später
Leefschaft = Liebschaft
Leegs = Böses
lege Töög = Untaten
Lei = Leine, Zügel

lett dat = sieht aus
Luusangelgesicht = Lausbuben-gesicht

M
Machangeln = Wachholder
miemelt = spricht undeutlich
Moorsbontjen = Zäpfchen
Müürn = Mauern

N
naschünnen = zureden
neiht ut = läuft weg
neischierig = neugierig
nernen = unten
niev = genau
nüms = niemand

O
obschoons = obwohl
öbertüügt = überzeugt
öd = bald
Ooltjohrsabend = Silvesterabend
opduukt = aufgetaucht
Oors = Hintern
Opsnierder = Angeber
Oss = Ochse

P
Perzent = Prozent
Pien = Schmerz
piesackt = quält
Pillendreiher = Apotheker
Pilln = Tabletten
Posensteel = Bleistift
Prüük = Haare
puddelt = sich langsam beschäftigen
püttjerig = kleinlich
Putzbüdel = Frisör
puttöögt = kränklich, blass
Puuch = Bett

Q
queest = nörgelt
Queeskopp = Querulant

R
Reken = Rechnung
rekento = schnell getan
Rietsticken = Streichhölzer
risch = aufrecht
röögt un böögt (sich nicht) = bewegt sich nicht
rüükt = riecht

S
Sabbelee = Gerede
schafutert = schimpft
Schandudel = Narretei
schostert = bastelt, zaubert
Schullerdöker = Schultertücher
schummerig = halbdunkel
schuuln = erholen, verstecken
Sleef = Streichemacher
Slötel = Schlüssel
Slott = Schloss
Sluck = Schnaps
Sluderee = Gerede
Sludertaschen = Tratscher
Smaach = Lust
Snackertüüch = Leute zum Klönen
snutenfarig = schlagfertig
Söten = Kuss
Soot = Brunnen
speeroorst = hampelt, turnt
splienig = gemein, schlecht
Spökenkiekers = abergläubische Leute

Spriet= Schnaps
sputert = zetert
Steert = Schwanz
Steertfleeg (het'n) = einer, der nicht an einem Ort bleiben kann
Stringen = Seile
stüürwehr (hooln) = zur Einigung verhelfen
Stutz(oppen) = sofort
Swienegel = Igel
swor = schwer
swungst = schwingt

T

Tähnklempner = Zahnarzt
täsige = zahme
tiert = zieht
todööst = soeben beim Einschlafen
tögerlich = zögernd
Töög = Streiche
tofreer = zufrieden
togahn = in Dienst gegangen
to kehr gahn = buntes Treiben
Tokern (Johr) = nächstes
topuult = ausgewischt
tominst = zum Mindesten
tospöölt (Schnaps) = aufgedrängt
trechklütert = zurecht gebastelt
Tüüg = Zeug
twintig = zwanzig

U

ümglippt = mit dem Fuß umgeknickt
Ütz = Listiger, Eigenartiger
utdoon = verkaufen
utneiht = weggelaufen

V

verbiestert = unsicher
verdröögt = vertrocknet
verdwaß = quer
Verhackstücken = Beratschlagen
verklookfidelt = erklärt
vermoot ween = vermuten
vermuckten (Jungs) = unklugen
vertüüg = hervor
verwrickt = verstaucht
vörflunkert = vorgelogen
vondaag = heute

W

week = weich
Weeswark = wichtiges Getue
wegneiht (Essen) = vertilgt
Wehdaag = Schmerzen
wegpichelt = ausgetrunken
Wiemen = Gestell oben in der Rauchdiele
wiest = zeigt
wies ward = erfährt
wohrn = in Acht nehmen
wohrschonen = warnen
Wraak = Ärger
wuracken = schwer arbeiten

Veröffentlichungen von Grete Hoops

Grete Hoops

Dor frei ick mi all langen op

Plattdüütsche Vertelln
ton Lesen un Vörlesen
2002, 64 Seiten
8,50 Euro
ISBN 978-3-89598-914-8

Grete Hoops

Von Wiet un Siet ut jede Tiet

Plattdüütsche Vertelln
ton Lesen un Vörlesen
2003, 80 Seiten, 8,50 Euro
ISBN 978-3-89995-036-6

Grete Hoops

Bohnen, Beern un Speck oder: De Tippelbröder

un annere vergnöögte
Dööntjes op plattdüütsch
vertellt, 2004, 80 S.,
8,50 Euro
ISBN 978-3-89995-134-9

Grete Hoops

Twüschen Waterkant, Heide un Moor

Plattdüütsche Vertelln
ton Lesen un Vörlesen
4. erw. Auflage 2005,
70 Seiten, 8,50 Euro
ISBN 978-3-89598-810-3

Grete Hoops

Allerlei un Allerhand ut us plattdüütsche Land

Dööntjes ton Högen –
op plattdüütsch vertellt,
2005, 80 Seiten,
8,50 Euro,
ISBN 978-3-89995-221-6

Grete Hoops

Dat löppt sik allns trech

Vergnöögte Dööntjes
op plattdüütsch vertellt
2006, 80 Seiten,
8,50 Euro
ISBN 978-3-89995-358-9

Grete Hoops

Mit Dela un Didi dör dat Johr

Ein reich bebildertes Vorlesebuch in plattdeutscher Sprache
2006, 36 S., 14,80 Euro
ISBN 978-3-89995-338-1

Hör-CD / Grete Hoops

Von Heideland bit Waterkant

Plattdüütsche Döntjes
70 min Laufzeit,
2007, 9,80 Euro
ISBN 978-3-89995-440-1

Grete Hoops

Plattdüütsch Woort het'n warmen Klang

Vergnöögte Dööntjes op plattdüütsch vertellt
2008, 80 Seiten, 8,50 Euro
ISBN 978-3-89995-567-5

Grete Hoops

Geschichten, de dat Leben schrifft

op plattdüütsch vertellt, 2009,
80 Seiten, 8,50 Euro
ISBN 978-3-89995-663-4

Grete Hoops

De Klönsnack is dat Beste an'n Norden

Plattdüütsche Vertelln ton Högen
2011, 80 Seiten, 8,50 Euro
ISBN 978-3-89995-796-9

Grete Hoops

Fierabend op'n Dörpen

op plattdüütsch vertellt, 2012,
80 Seiten, 8,50 Euro
ISBN 978-3-89995-907-9